D1133305

Mon pire prof

Catalogage avant publication de Bibliothèque et Archives Canada

Mercier, Johanne

    Mon pire prof

    (Le Trio rigolo ; 4)
    Pour les jeunes de 10 ans et plus.

    ISBN 978-2-89591-017-6

    I. Cantin, Reynald. II. Vachon, Hélène, 1947-   . III. Rousseau, May, 1957-
IV. Titre. V. Collection : Mercier, Johanne. Trio rigolo ; 4.

PS8576.E687M656 2006   jC843'.54   C2005-942300-5
PS9576.E687M656 2006

Tous droits réservés
Dépôts légaux : 1er trimestre 2006
Bibliothèque nationale du Québec
Bibliothèque nationale du Canada
ISBN 978-2-89591-017-6

© 2006 Les éditions FouLire inc.
4339, rue des Bécassines
Québec (Québec) G1G 1V5
CANADA
Téléphone : (418) 628-4029
Sans frais depuis l'Amérique du Nord : 1 877 628-4029
Télécopie : (418) 628-4801
info@foulire.com

Les éditions FouLire remercient la Société de développement des entreprises
culturelles du Québec (SODEC) pour son aide à l'édition et à la promotion.

Gouvernement du Québec – Programme de crédit d'impôt pour l'édition
de livres – gestion SODEC.

Les éditions FouLire remercient également le Conseil des Arts
du Canada de l'aide accordée à leur programme de publication.

IMPRIMÉ AU CANADA/PRINTED IN CANADA

Mon pire prof

AUTEURS ET PERSONNAGES:

JOHANNE MERCIER • *Laurence*
REYNALD CANTIN • *Yo*
HÉLÈNE VACHON • *Daphné*

ILLUSTRATRICE:

MAY ROUSSEAU

Le Trio rigolo

LAURENCE

« On a beau être bon en français,
en maths ou en géo, ça ne compte pas.
Quand on est une nouille dans le gymnase,
on n'a aucune chance. »

Il le fait exprès. Je suis absolument certaine que Bob Lacasse planifie chacun de ses cours en pensant à moi. Qu'il se dit: «Bon, bon, bon… qu'est-ce qu'on ferait bien cette semaine pour embêter Laurence? Volley-ball? Oui! Bonne idée! Laurence déteste le volley-ball. Ensuite, un peu de redressements assis, peut-être? On va rire. Et si on terminait avec la poutre d'équilibre, ça devrait lui empoisonner la vie comme il faut! À moins qu'on fasse une course à relais? Elle va craquer, la pauvre fille…»

Voilà comment Bob Lacasse planifie ses cours d'éducation physique. Semaine après semaine. Année après année.

Coup de sifflet.

Je suis assise dans le gymnase. Bob Lacasse vient de nous annoncer que, ce matin, on joue au mini-hockey. Mini-hockey!

Je croyais qu'après mon accident, il éliminerait ce sport extrême de sa planification, mais non. C'est vous dire à quel point il m'en veut. La dernière fois qu'on a joué au mini-hockey, je me suis foulé un poignet. Bob Lacasse s'en souvient sûrement. Quand l'accident est survenu, il a soupiré. Oui. Tout ce qu'il a trouvé à faire, c'est de soupirer. Je me souviens très bien. Avait-il besoin d'être impatient alors que je souffrais le martyre? Il a arrêté le jeu et il a dit:

– Qu'est-ce qui t'arrive encore, ma pauvre Laurence?

– Ça fait mal...

– Où?

– Foulé, je pense.

– Ton poignet?

– Ou cassé, je sais pas.

– Va chercher ton sac de glace.

– MON sac de glace?

– Tu t'en sers à chaque cours, Laurence. C'est pas mal TON sac de glace.

– C'est pas ma faute si je suis malchanceuse...

Et le jeu a repris. Comme si rien ne s'était passé. Je suis restée sur le banc, avec de la glace sur le poignet. Il ne s'est pas du tout inquiété. Même pas un tout petit peu.

Et aujourd'hui, Bob Lacasse ose planifier une autre partie de mini-hockey. Incroyable! Qu'est-ce qu'il espère, maintenant? Une entorse à la cheville? Un étirement des ligaments, peut-être?

– On va former les équipes, annonce Bob Lacasse. Qui veut être capitaine?

Je déteste cette question: «Qui veut être capitaine?» Bob Lacasse le sait. Il pourrait très bien diviser les équipes, mais non. Il désigne des chefs qui choisissent leurs joueurs. Il trouve sûrement plus drôle de me voir toute seule, assise sur le plancher froid du gymnase pendant que les deux équipes se chicanent pour ne pas m'avoir.

– Vous prenez Laurence...

– On vous la laisse, c'est beau.

– Non, non. Prenez-la...

– Non, non. Elle est avec vous autres.

C'est un cauchemar chaque fois. Que voulez-vous; il n'y a pas de salut pour ceux qui ne sont pas habiles dans les sports. On a beau être bon en français, en maths ou en géo, ça ne compte pas. Quand on est une nouille dans le gymnase, on n'a aucune chance. Bob Lacasse le sait et ça l'amuse d'être témoin de mon désarroi. Bob Lacasse ne rate pas une seule occasion de s'amuser à mes dépens. Il me regarde en ce moment. Il sait que je vais être encore la dernière choisie; il attend le moment, son œil brille, il a hâte.

Et ma mère qui a encore refusé de me signer un billet d'exemption...

Bob Lacasse s'approche de moi. Bob Lacasse et ses culottes en coton ouaté vertes. Les mêmes depuis la première année. Les mêmes espadrilles aussi. Même coupe de cheveux. Même moustache. Même sifflet. Je me demande s'il est vraiment bon dans les sports, Bob Lacasse. Personne ne peut en témoigner. On ne l'a jamais vu jouer. A-t-il des trophées, des médailles accrochées quelque part? Gamache a su que Bob Lacasse était prof d'enseignement moral au secondaire avant de travailler ici. Rien ne nous dit qu'il est sportif. Rien ne nous dit qu'il sait dribbler.

– Laurence?

Qu'est-ce qu'il veut? Comme je ne suis pas tout à fait un jeune espoir des Jeux du Québec, Bob Lacasse ne vient sûrement pas m'annoncer une bonne nouvelle.

– Quoi?

– Tu vas être capitaine, aujourd'hui.

– Capitaine?

– Choisis une équipe à ton goût.

14

– Moi, capitaine ?

– Donne tout ce que tu peux.

– Mais, je...

– Pis amuse-toi !

C'est la chance de ma vie. Bob Lacasse me donne l'occasion de mettre en valeur mon leadership et mon sens inné de l'organisation. Il vient probablement de découvrir ces importants aspects de ma personnalité. Un peu tard, mais bon. Mieux vaut tard que jamais. C'est toute une idée qu'il a eue, Bob Lacasse, de me nommer chef ! Il a enfin compris.

Je ne suis pas douée pour les sports, c'est vrai, mais je suis une fille d'équipe et celle que je vais former sera solide. Du béton. On se trouvera un nom d'équipe. Un cri d'équipe. Une chanson-thème d'équipe. Un drapeau d'équipe. Un logo d'équipe. Un esprit d'équipe. On ne se quittera plus. Cette équipe représentera l'école. Et pourquoi pas la commission scolaire? Et l'on dira: mais qui est derrière cette équipe championne? Et derrière cette équipe, ce sera moi, Laurence. Oui, mesdames et messieurs. Je dirai: «Non, non, je ne veux pas ma photo sur la première page du journal de l'école, je veux une photo de mon équipe!» *Jamais sans mon équipe!* sera ma devise à partir d'aujourd'hui...

– Laurence?

– Quoi?

– Peux-tu choisir tes joueurs? On attend...

– Mes joueurs?

– GO!

– C'est que...

16

– Es-tu certaine que tu veux être capi-taine, Laurence?

– Oui, pourquoi?

– Parce que c'est long.

– C'est quand même important de bien choisir…

– Le cours dure une heure, Laurence. On passera pas quarante-cinq minutes à former les équipes, hein?

– OK. Je prends Geneviève.

Et vlan! C'est un départ. L'équipe du siècle prend forme. Je choisis d'abord Geneviève, ma meilleure amie depuis la maternelle. Je n'ai pas l'intention de choisir nécessairement les joueurs les plus sportifs, les plus performants, mais ceux avec qui je vais avoir du plaisir. La solidarité est plus importante pour le moment. La complicité. L'humour. On va rire même si on ne gagne pas. Et rire, c'est plus important que la...

Coup de sifflet.

– Quoi encore ?

– Laurence, as-tu l'intention de choisir un autre joueur dans ton équipe ou si c'est complet avec Geneviève ? demande Bob Lacasse, un brin d'impatience dans la voix.

Est-ce qu'il y a urgence ?

– Prends Gamache..., me propose Geneviève. Faut surtout pas leur laisser Gamache.

– Je prends Mélanie.

Geneviève fronce les sourcils.

– Mélanie ?! Pourquoi Mélanie ? Mélanie Larose, c'est la pire...

– J'ai mes raisons.

– Prends Carl au moins.

– C'est le capitaine qui décide, Geneviève, assieds-toi.

– Je prends Gamache, annonce la grande Marie-Michelle.

– BRAVO, Laurence! On va jouer contre Gamache! On est sûres de perdre.

– Je prends Cynthia Couture.

– QUOI?!

– Je prends Carl, continue Marie-Michelle.

– Laurence, on est foutues. On va se faire massacrer. Choisis un gars, tu m'entends? UN GARS!

– Laisse-moi faire, Geneviève.

– Pas question!

– On va prendre Max.

Geneviève pousse un soupir de soulagement. Je ne pensais vraiment pas qu'elle était si portée sur la compétition. Max ne bouge pas. Il faut que j'insiste, maintenant...

– Max ? T'es dans notre équipe !

– Équipe de tartes, oui...

– Qu'est-ce que tu dis ?

– Max, va rejoindre ton équipe, ordonne Bob Lacasse.

Max se lève péniblement et traîne ses espadrilles jusqu'à nous.

Marie-Michelle choisit Jimmy.

Je prends Jull.

Geneviève est furieuse.

– Qu'est-ce que tu veux qu'on fasse avec le petit Jull ? !

– Il est très gentil, tu sauras.

– Bon, moi, je joue pas, annonce Max.

Geneviève retourne s'asseoir sur le banc aussi.

– Un problème, Geneviève ?

– Monsieur Lacasse, pouvez-vous expliquer à notre chère capitaine que le but du jeu n'est pas de perdre à tout prix ? Que choisir une équipe, c'est pas une œuvre de charité ? Que se jeter dans la gueule du loup, c'est complète-ment ridicule !

Gamache, Carl, Ben et Jimmy se tordent de rire. Leur capitaine aussi. Évidemment.

– Est-ce qu'on peut recommencer les équipes ? demande Max.

– Pas le temps, répond Gamache, qui a hâte de jouer.

Mon équipe boude.

Je voulais éliminer la compétition, favoriser les échanges, donner enfin une chance à ceux qui sont moins bons. Mélanie, par exemple. Mélanie est toujours l'avant-dernière à être choisie. Je la choisis la deuxième pour lui faire plaisir et elle trouve le tour de bouder aussi. Je voulais valoriser le petit Jull qui est myope comme une taupe et qui ne voit jamais arriver le ballon. Je voulais bien faire. Voilà comment on me remercie. Aucune reconnaissance…

Mélanie décide de ne pas jouer non plus.

Ils s'installent sur le banc, bras croisés. Rien à faire avec eux.

Coup de sifflet.

Il m'énerve, Bob Lacasse, avec son sifflet.

– Bon, bon. Vous pouvez faire des échanges, propose-t-il.

– Pas question de faire des échanges! hurle la grande Marie-Michelle, qui a déjà distribué les dossards à ses joueurs.

– Pas question de jouer! hurle mon équipe, qui refuse de mettre les dossards.

C'est vraiment bien parti.

On a fait quelques petits changements. Rien de majeur. Disons qu'on a un peu équilibré les équipes. Même nombre de gars, même nombre de filles. C'est ce que Bob Lacasse a exigé. C'est vrai qu'on n'avait aucune chance avec l'équipe que j'avais formée. La partie va se jouer aujourd'hui. Finalement, on n'a pas eu le temps au dernier cours. Bob Lacasse nous a fait discuter longuement. On a fait valoir nos opinions, on a négocié et on a refait les équipes. C'est bien lui; essayer de nous faire trouver un terrain d'entente, faire des compromis, répartir les forces.

On a perdu un temps fou par sa faute.

Donc, le match a lieu aujourd'hui. Aujourd'hui et ça m'énerve. J'ai pris un bon déjeuner. Mélange d'œuf, de germe de blé cru, banane et lait. Ma mère a refusé de me faire cuire un steak. Personne ne m'encourage jamais dans les sports. Pas étonnant que j'aie autant de problèmes de motricité.

Mais tout ça, c'est du passé.

Oui, je l'avoue, le fait d'être capitaine a réveillé en moi le sens de la compétition. Et devinez quoi ? Ce matin, tout ce que je veux, c'est gagner ! Gagner à tout prix. Je ne me reconnais plus.

Je suis prête à tout.

Je veux prouver que je peux être un excellent capitaine. Tout le monde peut s'améliorer dans la vie. Le dépassement de soi, ce n'est pas un mythe. Terminé, Laurence qui n'est pas bonne dans les sports. Qui ne sait pas dribbler et qui a des problèmes de coordination. Adieu, sac de glace ! Bonjour la victoire ! Je suis la Wayne Gretzky du mini-hockey, ce matin.

On est au gymnase. Et ça va barder.

J'ai choisi les dossards turquoise pour mon équipe. Le turquoise me va bien. J'ai l'air en santé dans le turquoise. C'est important d'avoir l'air en santé. D'impressionner l'adversaire. D'avoir une tête de vainqueur. Tout est là. Personne ne doit savoir que je n'ai pas dormi de la nuit. Que j'ai élaboré ma stratégie de gagnante. Que j'ai pensé et repensé à la position de mes joueurs.

Bob Lacasse a établi une règle de base : personne ne doit contester les décisions du capitaine. Au dernier cours, on a suffisamment négocié. Aujourd'hui, on joue!

Coup de sifflet. Juste dans mes oreilles.

Mes joueurs sont en position. J'ai placé mes trois gars à l'avant. Les trois costauds. Je suis à la défense avec Isabelle et Mélanie est gardien de but, puisqu'elle ne servirait à rien sur le jeu. ON VA LES AVOIR!!! Je suis un monstre. L'esprit de la compétition s'est emparé de moi. Le conseil que j'ai donné à mes joueurs? «FONCEZ DANS LE TAS, ON RAMASSERA LES DÉGÂTS!»

Je pense qu'ils sont motivés à gagner aussi.

Coup de sifflet. Bob Lacasse n'en reviendra pas. Ma note pour cette étape va grimper.

C'est parti.

Je suis à la défense. Tout va vite. Je ne sais pas trop quoi faire, mais je veux le faire avec art. C'est important. Je me demande si je devrais tenir mon bâton de la main gauche ou de la main droite?

Coup de sifflet.

On s'est fait compter un but ou quoi?

Coup de sifflet.

C'est reparti. C'est le fouillis total. Les gars nous foncent dedans sans s'excuser. Ils sont complètement déchaînés. Je n'aime pas ça du tout.

Coup de sifflet.

Comment? Deux à zéro?

Bob Lacasse se tord de rire ou je rêve?

Coup de sifflet.

On y va. On garde le moral. Je ne vois même pas la balle. Est-ce qu'on est obligés de jouer si vite? Est-ce qu'on ne pourrait pas prendre notre temps et garder nos positions? D'ailleurs, personne ne respecte les positions. Hé, j'ai passé la nuit à penser à leurs positions!

Coup de sifflet.

Punition? Bob Lacasse annonce une punition. Punition pour quelle équipe? Quoi? La mienne? Pourquoi la mienne?

Le capitaine doit demander des justifi-
cations, et vite! Euh… oui, c'est vrai, c'est
moi, le capitaine.

– Pourquoi une punition, monsieur
Lacasse?

– Obstruction.

– Qu'est-ce que ça veut dire au juste?

– Lancer de punition. Vite!

– C'est une bonne ou une mauvaise
nouvelle?

– Au jeu, Laurence!

– Minute, Gamache! Qui va faire le
lancer de punition? Notre équipe ou
l'autre équipe?

– Va reprendre ta position, Laurence.

– Mais…

– Grouille!

– Laurence, es-tu sûre de comprendre
le jeu?

– Qu'est-ce que tu veux dire, Max Beaulieu?

– Moi, je débarque!

– Bon débarras!

Mélanie quitte le but.

– Où tu vas, Mélanie?

– Je débarque aussi.

– Tu veux jouer à l'avant?

Coup de sifflet de Bob Lacasse, qui s'impatiente.

– Des problèmes avec ton équipe, Laurence?

– Pas du tout.

Je deviens gardien de but. Geneviève, qui était sur le banc, remplace Max. Ça devrait être pas mal.

Coup de sifflet.

Le troisième but est compté.

– *Time out!*

– Oui, Laurence?

– Je veux faire des petits changements, monsieur Lacasse.

– C'est un gros changement que ça prend, hurle Max Beaulieu, qui a enlevé son dossard.

– Genre?

– Genre changer de capitaine.

– Bel esprit sportif...

Je laisse tomber. Je m'assois sur le banc avec mon sac de glace sur le front. J'ai trop mal à la tête. Je démissionne.

Évidemment, mon équipe en profite pour changer toutes les positions, pour nommer Max capitaine et pour faire une remontée spectaculaire. Si j'avais su qu'on y était presque, j'aurais continué à jouer.

Bob Lacasse me regarde. Il sourit. Et soudain, je comprends tout. Je comprends qu'il avait tout calculé, Bob Lacasse. Il avait tout prévu en me nommant capitaine. Je le vois dans ses yeux. Il s'est levé en se disant: «Bon, bon, bon... qu'est-ce que je ferais bien aujourd'hui? Et si je nommais Laurence capitaine? Ce serait sûrement la pire expérience de sa vie. Oui, j'ai vraiment l'intention de rigoler un bon coup. Laurence capitaine, juste d'y penser, ça me met de bonne humeur. Je sens que je vais m'amuser...»

Bob Lacasse vient s'asseoir à côté de moi sur le banc. Je le déteste. Bob Lacasse est le pire prof de l'école. Le pire prof de la terre. Le pire prof tout court.

– Laurence?

Pas question de lui répondre.

– Ça va ?

Qu'est-ce qu'il croit ? Oui, Bob. Vraiment. J'ai adoré mon expérience. Me nommer capitaine, c'était une idée de génie. As-tu d'autres plans comme ça pour ruiner ma vie ou si c'était ton dernier ?

– Faut pas en faire un drame, Laurence.

– ...

– À chacun ses forces, hein ?

C'est un événement ! Aujourd'hui, Bob Lacasse n'a pas ses affreuses culottes en coton ouaté vertes ! Incroyable. Il est plutôt chic, Bob. Il se marie ou quoi ? Il a même un veston et il n'a pas son sifflet.

Il n'a pas sa liste d'élèves non plus ni ses espadrilles. En fait, il n'a pas du tout l'allure d'un prof d'éduc, aujourd'hui; et tout le monde se demande ce qui lui arrive.

Sans préambule, Bob Lacasse nous annonce ce qu'il appelle sa grande nouvelle. Et pour une nouvelle, c'en est toute une!

– Comment ça, vous quittez l'école? demande Gamache.

– Je m'en vais enseigner en Australie.

– En Australie?

– Une demi-année. Programme d'échange.

– C'est un kangourou qui va vous remplacer? lance Max Beaulieu, qui se trouve drôle.

Personne ne rit. Sauf Max Beaulieu.

34

– Est-ce qu'on va quand même avoir du volley après l'école ? demande Gamache, qui n'a pas l'air d'apprécier du tout la nouvelle du départ de Bob.

– Pis le *touch foot* aux récrés ?

– Est-ce que vous revenez l'an prochain, au moins ?

– Étiez-vous obligé d'y aller ?

– Qui va être coach pour l'équipe de basket ?

Bob Lacasse répond à toutes les questions. Il ajoute qu'il a passé de bons moments avec nous ; la grande Mélanie essuie une larme en cachette. Je l'ai vue.

Jamais un gymnase d'école n'a été aussi silencieux.

Puis la directrice arrive et le gymnase au complet se met à soupirer devant le jeune prof athlétique, bronzé et *cool* qui l'accompagne.

– Comme vous le savez, monsieur Lacasse nous quitte, commence la directrice. Je vous présente monsieur Guillemette, votre nouveau professeur d'éducation physique.

Bob Lacasse suit la directrice dans le bureau et nous laisse avec Brad Pitt.

On est assis. Sagement. En état de choc. Les gars de la classe voudraient tous lui ressembler. Les filles voudraient toutes que les gars de la classe lui ressemblent. Jacques Guillemette consulte la liste d'élèves, sort un sifflet de sa poche et le glisse dans son cou. Il nous regarde.

– OK, *gang!* On est pas ici pour niaiser ! Je vous le dis tout de suite, c'est pas tellement mon genre de voir des jeunes assis. La paresse, j'endure pas ça. C'est clair ?

– ...

– J'ai posé une question ! Est-ce que c'est clair ?

– Oui.

– Avec moi, vous allez vous mettre en forme ! Vous m'entendez ?

– …

– Est-ce que vous m'entendez ?

– Oui.

–Les maniaques de *Xbox* qui ont juste deux pouces musclés, vous allez découvrir que vous avez des muscles ailleurs.

– …

– Ça va faire mal. Mais y a rien de facile dans la vie. Vous allez me remercier plus tard. Des questions ?

– …

– Tant mieux. On est ensemble pour bouger, pas pour jaser. Debout, *gang* !

Tout le monde se lève.

– On va commencer tranquillement. Pas question de vous épuiser le premier jour. On va faire soixante-quinze *jumping jacks*. Je vous le dis tout de suite, ce sera pas toujours facile comme ça.

Personne ne bouge.

– Y a un problème ou quoi?

– Soixante-quinze *jumping jacks*?

– Vous avez jamais fait de *jumping jacks*?

– Oui, mais soixante-quinze, c'est...

– Quoi?

– Avec monsieur Lacasse, on faisait plutôt du jogging pour se réchauffer, ose Geneviève.

– Du jogging? *No problemo, gang.* On ira faire du jogging après les soixante-quinze *jumping jacks*. GO, GO, GO!

Un… deux… trois… quatre…

– On continue !

Cinq…

Et on se rend péniblement à soixante-quinze.

– OK. La prochaine fois, on va essayer de faire la même chose, mais un peu plus vite. On commence le jogging ?

Il pose la question, mais il ne nous laisse pas le choix. On se met à courir dans le gymnase. Le cœur n'y est pas. Et je ne suis pas sûre que le mien va tenir encore longtemps. Je commence à voir défiler ma vie…

Coup de sifflet.

– Qu'est-ce que vous faites au juste ?

– On… on… on fait du… jog… ging, lance Mélanie Larose, au bord de la crise cardiaque.

– Vous pensez quand même pas faire du petit jogging pépère au chaud dans le gymnase?

– …

– Tout le monde dehors!

– Dehors?

– Cinq fois le tour de l'école. Ça prend de l'oxygène!

– Ben là…

– Un problème, gilet jaune?

– C'est parce qu'il pleut…

– Pis?

– C'est de la pluie verglaçante.

– Pis?

Épilogue

Et voilà.

Les semaines ont passé. L'eau a coulé sous les ponts et on n'a plus jamais eu de nouvelles de Bob Lacasse. L'Australie l'a gardé. Jacques Guillemette est resté. Et Jacques Guillemette est resté Jacques Guillemette. Il nous oblige toujours à faire des *jumping jacks* et du jogging à –20. Et avec lui, rien n'est négociable.

Gamache dit que Jacques Guillemette est un excellent coach de basket. C'est ce que pense Max aussi. Geneviève avoue qu'on est beaucoup plus en forme qu'avant et Mélanie Larose le trouve tellement mignon…

N'empêche que moi, je suis absolument certaine d'une chose : Jacques Guillemette planifie ses cours d'éducation physique en pensant à moi. Chaque semaine, il se dit: «Bon, bon, bon... qu'est-ce qu'on ferait bien pour empoisonner la vie de Laurence? Augmenter les *jumping jacks* à cent vingt-cinq, peut-être?» Jacques Guillemette est le pire prof de l'école. Le pire prof du monde entier. Le pire prof tout court.

Fin

YO

« Rivés à nos chaises comme des condamnés, nous ouvrons nos cahiers d'analyse de la phrase... »

C' est l'été dans la cour d'école et il fait soleil partout... sauf sous ma casquette. Là, il fait mauvais! Il reste encore trois semaines avant les vacances d'été et c'est interdit de faire de la planche à roulettes pendant les récréations... Trop dangereux. Trop de monde.

Mais ce n'est pas le pire. Le pire, c'est le français. Déjà, au départ, le français, c'est énervant... surtout l'analyse des phrases. S'il faut en plus que le prof soit plate, ce n'est plus vivable.

– Hé, Yo! me lance Ré. On finit en français! Es-tu content? Une dernière petite sieste et c'est la fin d'semaine...

Ré, c'est Rémi. Mon ami.

– Viens voir ça! qu'il me crie en courant vers la clôture de la cour, où une vingtaine de gars sont accrochés à la grille, les yeux rivés sur une auto sport stationnée de l'autre côté de la rue. Une Corvette rouge décapotable!

Soudain, le signal retentit dans les haut-parleurs:

«Pin! Pon! Pin! Pa-hon!... Pa-hon! Pin! Pin! Pa-hon!...»

Il faut rentrer!

Les filles commencent déjà à disparaître dans l'école pendant que les gars se décrochent de la clôture. Tout énervé, Ré me rejoint.

– La Corvette, elle vient de Californie!
C'est écrit sur la plaque. T'aurais dû voir
le gars qui en est sorti: un vrai cow-boy,
avec les bottes pis le grand chapeau!

– Ça m'intéresse pas, je marmonne.
On finit en français.

Excité par son cow-boy en Corvette, Ré
s'éloigne en haussant les épaules. Moi,
piteux, je suis le troupeau. L'extraterrestre
sur la planète Français, la planète la plus
plate que je connaisse, nous attend au
cœur de la galaxie scolaire.

Comme d'habitude, on va faire l'analyse d'une phrase avec, en vedette, Joannie.
Puis madame Taillefer va nous raconter sa
vie, ou n'importe quoi. Elle fait toujours ça
le vendredi: parler, parler, parler.

Et nous, on écoute, on écoute, on
écoute.

***

En entrant dans l'école, j'enlève ma casquette. Il n'y a plus de soleil nulle part. En m'approchant de la classe, je me prépare à mourir d'ennui. C'est le dernier cours de la semaine. Autrement dit, le plus long.

Heureusement, j'ai un truc. J'espère que ça va marcher !

***

Esther Taillefer, surnommée E.T. à cause d'un extraterrestre qu'on a vu en anglais dans un vieux film de science-fiction, nous attend à la porte de la classe. Elle dit un petit mot à chacun.

– Ça va, Rémi ?

Ré ne répond pas. Il devrait. Ça retarderait un peu le cours. Mais il s'amène comme les autres, muet et tête basse, sous le vilain sourire d'E.T. J'entre le dernier.

La porte se referme derrière moi... comme la dalle d'un tombeau.

***

Assis en rangées entre quatre murs, nous attendons le supplice. Ré est à l'autre bout de la classe. Pas moyen de lui parler. D'abord, E.T. ne tolère pas qu'on parle en même temps qu'elle. En plus, elle a l'œil vif, l'oreille sensible et l'expulsion chez le directeur rapide. De toute façon, à l'école, Ré et moi, on est toujours séparés.

Les élèves ont tous pris la même couleur... celle des néons du plafond. Les fenêtres sont trop hautes pour regarder dehors. En plus, les stores vénitiens sont fermés. Le soleil ne doit surtout pas entrer en français. E.T. nous tient.

Soudain, j'aperçois, dans le coin de la classe, un espoir !

– Madame! Madame! je m'excite.

– Oui, Yohann?

– C'est quoi, le film?

– Le film! Quel film?

– Là! je dis en pointant le téléviseur.

– Oh, ça... le professeur d'anglais a dû l'oublier.

– Pourquoi on regarde jamais de films en français?

– On est là pour apprendre à lire et à écrire, Yohann... Des films, vous pouvez en louer chez vous et...

Je n'écoute plus. Le français avec E.T., c'est sans espoir. C'est vraiment le pire prof de l'école. Je regarde l'horloge... À peine deux minutes de passées!

***

Finalement, madame Taillefer se tait. Comme d'habitude, elle s'assoit derrière son bureau pour nous observer un peu. Sa tête pivote comme un périscope de sous-marin. Avec sa bouche fine, ses grandes lunettes, son long cou et sa drôle de coiffure aplatie sur le dessus, elle ressemble vraiment à E.T. dans le film qu'on a vu en anglais.

Je me rappelle de la marionnette en plastique qui faisait l'extraterrestre; franchement, les effets spéciaux n'étaient pas terribles dans ce temps-là. C'était en 1982, il me semble. Mais j'avais aimé le film. Le cours avait passé vite.

Madame Taillefer a recommencé à parler, parler, parler. Je regarde l'horloge. La quatrième minute n'est pas encore commencée. Je n'en peux plus...

Je «pogne le fixe»!

***

« Pogner le fixe », c'est mon truc pour survivre pendant les cours plates où le prof parle tout le temps. C'est simple : tu fixes un point en avant et, du coup, tu ressembles à un élève qui écoute. Ça te permet de penser à autre chose, à n'importe quoi qui t'intéresse. Mais surtout, il ne faut pas t'endormir, sinon tu peux tomber en bas de ta chaise et attirer l'attention.

Moi, des fois, je m'invente des histoires incroyables.

– Analyse de la phrase ! annonce le prof.

Ces mots fatals m'arrachent de mon « fixe ». Un silence profond se creuse dans le groupe, jusqu'à Ré, en arrière. En avant, d'un air sévère, le périscope fait encore son tour de classe. Rivés à nos chaises comme des condamnés, nous ouvrons nos cahiers d'analyse de la phrase…

Ça va être quoi, aujourd'hui, la phrase à analyser? Hier, c'était: «*Avant son bal, Joannie a tordu sa cheville en jouant au baseball.*» Ça lui apprendra à jouer au baseball avant d'aller au bal. Il faut choisir: le bal ou la balle! Pas les deux! Et puis son nom aussi... Jo ou Annie! Pas les deux!

– Comme d'habitude, enchaîne E.T., je vous donne la phrase en dictée. Ensuite, on l'analyse.

Me voilà coincé! Impossible de «pogner le fixe» et d'écrire en même temps. Sur l'horloge, les aiguilles ralentissent. Si ça continue, elles vont s'arrêter. Il faut que je fasse quelque chose, n'importe quoi.

– Madame! Madame!

– Oui, Yohann?

– Qu'est-ce qui va lui arriver, à Joannie, aujourd'hui?

– Sois patient, tu vas voir.

Pas possible! E.T. croit que je suis impatient de connaître la suite des aventures de Joannie! Je dois répliquer. Mais la dictée me cloue le bec.

– Joannie..., lance E.T., enthousiaste.

Joannie... On gratte tous sur le papier, résignés.

– Joannie est inquiète..., poursuit E.T.

...est inquiète... «Pauvre Joannie! je bougonne dans ma tête. Elle est inquiète. Il va encore lui arriver un malheur!»

– Joannie est inquiète parce que..., ajoute E.T.

...parce que... «parce qu'elle a déchiré sa robe en jouant au hockey, je gage.»

– ...parce qu'elle change de professeur..., précise E.T., contente.

Du coup, j'arrête d'écrire.

– ... parce qu'elle change de professeur..., répète E.T., très contente.

Rien à faire. Mon crayon ne bouge plus.

– ...parce qu'elle change de professeur la semaine prochaine, point final, achève E.T., victorieuse.

Mon crayon tombe sur mon cahier. Joannie change de professeur la semaine prochaine et elle est inquiète? Elle devrait être contente, pas inquiète!

Soudain, j'entends:

– Yohann, relis-nous la phrase à analyser.

Surpris, je bafouille:

– Joannie est contente parce que... euh... parce que... la semaine prochaine... euh... elle change de... euh... de robe?

– Non, Yohann, pas « de robe »... « de professeur ». Joannie change de professeur la semaine prochaine. Et elle est inquiète. Pas « contente » ! Tu n'écoutais pas ?

– Euh...

Et elle commence à analyser la phrase en l'écrivant au tableau. J'ai le temps de « pogner un petit fixe » ! Mais il est vite interrompu :

– Vous pouvez ranger vos cahiers.

À peine sept minutes d'écoulées ! Il en reste cinquante-trois !

Toute la classe referme son cahier sur le destin tragique de Joannie. Le petit sourire d'E.T. recommence à planer sur la classe. Ses grandes lunettes pivotent comme deux phares jumeaux. Que va-t-elle encore nous demander ? C'est quoi, le prochain supplice ?...

Longuement, le périscope poursuit son tour panoramique en silence. Mais qu'est-ce qu'elle attend? L'horloge va s'arrêter, là!

Finalement, après une profonde inspiration, E.T. laisse tomber:

– J'ai une grande nouvelle à vous annoncer.

«Le cours est fini!» je m'écrie… dans ma tête.

– Comme Joannie dans la phrase d'aujourd'hui, la semaine prochaine, vous allez changer de professeur!

Hein! Quoi?

– Mais ne soyez pas inquiets…

Inquiets! Pourquoi?

– Ce n'est que pour une semaine… Je reviens le lundi suivant.

59

C'était trop beau.

– Vous savez ce qui m'arrive ?

Ça y est ; elle va nous raconter sa vie ! Je suis bon pour le grand « fixe ».

– Je me marie dimanche!

À ces mots, mes idées s'arrêtent. Dans la classe, derrière moi, le silence de tout à l'heure s'approfondit. Mais cette fois, tout le monde écoute E.T. qui poursuit:

– Je pars pour un voyage de noces éclair en Californie, plus précisément à Hollywood... Vous connaissez Hollywood ?

Impossible de répondre. Ma tête s'est arrêtée à « *Je me marie dimanche!* » E.T. se marie dimanche! Ça n'a pas de bon sens! Mais elle insiste:

– Jacques, mon fiancé, est un Américain d'origine québécoise. Il travaille dans le domaine du cinéma. Vous aimez le cinéma américain ?

Euh... pas trop vite, là ! Ma tête doit repartir.

– Jacques se spécialise dans les effets spéciaux. Vous connaissez les effets spéciaux ?

En ce moment, j'en ai tout un dans ma tête, un effet spécial... un grand vide intersidéral ! Mais cela n'empêche pas E.T. de continuer :

– J'ai rencontré Jacques à Las Vegas pendant les vacances de Noël, après un spectacle de Céline Dion. On s'est tout de suite reconnus parce qu'on a grandi ensemble, dans le même quartier. À Pâques, il est revenu et... et... on s'est fiancés !

Je suis figé. E.T. fiancée ! Voyons donc ! Mais rien ne l'arrête.

– La semaine prochaine, Jacques va me faire visiter les studios d'Hollywood, en Californie, là où il travaille. Puis on va revenir s'installer au Québec.

Toute la classe ouvre de grands yeux et de grandes oreilles.

– Et puisqu'il est en ville pour notre mariage, je l'ai invité...

– C'est à lui, la Corvette rouge, dehors ? lance Ré, du fond de la classe.

– Oui, Rémi. C'est à lui.

E.T. va se marier avec un cow-boy ! C'est fou comme l'horloge va vite, tout à coup.

– Je l'ai invité à venir ici, en classe, pour vous parler des effets spéciaux.

Au même moment, on frappe. *Bang !* *Bang !* Toute la classe sursaute.

– C'est lui! annonce E.T. en se dirigeant vers la porte.

Elle va l'ouvrir...

– Laissez-moi vous présenter mon fiancé.

Elle l'ouvre.

– Jacques!

Le cow-boy de Ré! Sous son grand chapeau, il a des verres fumés. Un large sourire avec une étincelle garnit sa mâchoire carrée fraîchement rasée. Il fait un pas en avançant une botte dans la classe, puis l'autre. De sa main gantée de cuir, il enlève son chapeau blanc et ses lunettes noires. Ses cheveux ont des reflets bleutés, tout comme ses deux petits yeux qui nous regardent un par un... Les élèves, je veux dire, pas les yeux.

Puis, en trois pas solides, ses bottes l'amènent devant la classe. Il dépose son chapeau et ses lunettes sur le bureau d'E.T. Il se penche pour l'embrasser sur les deux joues... E.T., je veux dire, pas le bureau. Tout émue, madame Taillefer a les yeux plus grands que l'extraterrestre dans le film qu'on a vu en anglais... J'ai l'impression d'assister à une scène de cinéma. Le cow-boy se retourne vers nous. Je n'en crois pas mes yeux.

– Bonjour, prononce-t-il d'une voix profonde.

Il nous parle! Là, c'est mes oreilles que je ne crois pas.

– Esther vous l'a sans doute dit, je m'appelle Jacques... Jacques Lanouette. Vous pouvez m'appeler Jack.

Je n'oserai jamais.

– Là-bas, à Hollywood, tout le monde m'appelle Jack... Jack Lonewett, parce que mon nom est trop difficile à prononcer pour eux.

Le grand Jack Lonewett d'Hollywood est là, devant moi! Et je ne le connaissais même pas. Tu parles! Moi, c'est Ti-Yo!

– Esther et moi, on a grandi ensemble, enchaîne-t-il. Quand on était petits, on a fréquenté la même école, pas loin d'ici.

Puis il ajoute, laissant voir ses dents étincelantes :

– L'école, dans le temps, c'était plutôt... plate.

Ah oui ?

– Aujourd'hui, c'est beaucoup mieux.

Ah oui ?

– Vous avez des activités intéressantes. Esther m'en a parlé.

On analyse des phrases avec Joannie.

– Moi, mon activité à Hollywood, ce sont les effets spéciaux. Votre professeure m'a invité pour en discuter avec vous... n'est-ce pas, Esther ?

À côté du cow-boy, la tête plate d'E. T. fait oui.

Vivement, l'homme dégaine une télécommande qu'il pointe comme un revolver vers le téléviseur. Aussitôt, l'appareil s'allume et les lumières de la classe s'éteignent. Sur le petit écran apparaît un énorme dinosaure. À côté, dans l'ombre, les lunettes d'E.T. brillent discrètement. Le grand Jack appuie sur un autre bouton et le dinosaure se met à bouger... et lui, à parler. Comme par magie.

– C'est un bout de film sur lequel j'ai travaillé en 1993.

Je n'étais même pas né !

– C'était le début des grands effets spéciaux. Pas mal, non ? On dirait un vrai dinosaure.

Sur l'écran, le dinosaure étire le cou afin de grappiller quelques feuilles immenses dans un arbre d'une hauteur imposante où sont assis des enfants. Puis l'image s'immobilise de nouveau... Jack baisse le bras, rengaine sa télécommande après l'avoir fait tournoyer dans sa main, échange un clin d'œil avec sa fiancée... dont la tête souriante sort de l'ombre du téléviseur. Décidément, madame Taillefer ressemble de plus en plus à E.T., le petit extraterrestre brun dans le film.

– Aujourd'hui, à Hollywood, poursuit le cow-boy en se retournant vers nous, il n'y a plus de limites aux effets spéciaux...

Au même moment, les lumières se rallument dans la classe. C'est bizarre, on dirait que Jack Lonewett n'est plus tout à fait de la même couleur. Mais le cow-boy poursuit son discours, comme un enregistrement :

– Vous savez ce que l'on peut faire, maintenant, avec la technologie ?

« Non, quoi ? » je demande... toujours dans ma tête.

– On peut créer des images à trois dimensions n'importe où. Oui, n'importe où, on peut faire apparaître des images très réelles avec une largeur, une hauteur et... une épaisseur! Et pas seulement des images fixes. Des images qui bougent! Et même des personnes qui parlent...

Des personnes épaisses qui parlent?

– Moi, par exemple, je suis peut-être un effet spécial...

Du coup, la classe se frotte les yeux et s'interroge les oreilles.

– Peut-être que je ne suis qu'une illusion d'optique... qu'il n'y a personne devant vous... juste un jeu de son et de lumière.

Bouche bée, la classe regarde de toutes ses forces en avant pendant que Jack tend la télécommande à E.T.

– Tiens, Esther, appuie sur «PAUSE», là, à gauche.

Esther obéit et Jack se fige aussitôt, le bras levé. Il est en arrêt d'image! Toute la classe aussi d'ailleurs. Seule E.T. bouge encore. Elle appuie de nouveau et Jack reprend vie sous nos yeux exorbités.

– Maintenant, Esther, appuie sur «OFF»!

En entendant ça, ce sont nos oreilles qui s'exorbitent. Devant nous, le sourire de madame Taillefer est fendu jusqu'à ses oreilles. Lentement, elle pointe la télécommande vers son grand Jack.

– Allez, appuie, insiste-t-il. Fais-moi disparaître.

Toute la classe retient son souffle pendant qu'E.T. appuie... mais c'est le téléviseur qui s'éteint. Jack est toujours là et il ne nous laisse pas le temps de souffler. Déjà, E.T. lui redonne sa télécommande. Il la pointe vers nous! Il va nous faire disparaître! Je n'aime pas ça.

Il vise une fille au fond, puis Ré, à côté. Il les met sur «PAUSE». Je dois l'arrêter. Mais Jack, plus vif que l'éclair, baisse la télécommande vers moi. Je m'immobilise...

– Comment tu t'appelles, toi ?

– Euh... Yohann.

– On t'appelle Yo, non ?

– Euh... Yo... oui.

– Esther m'a parlé de toi. T'es un peu malcommode, hein ?

– Euh... j'pense pas.

En effet, je n'arrive plus à penser.

– Des fois, poursuit Jack d'un air menaçant, Esther a envie que tu disparaisses... Savais-tu ça ?

Muet, je fixe la télécommande, toujours pointée vers moi. La petite lumière rouge va s'allumer, j'en suis sûr, comme le bout du doigt d'E.T. dans le film... et je vais m'évaporer !

Mais Jack abaisse son arme et me sourit. Il continue son explication. Ouf!

– Maintenant que vous comprenez les effets spéciaux à trois dimensions, laissez-moi vous expliquer comment on les réalise.

D'un geste rapide, il vise le téléviseur avec la télécommande et appuie sur un bouton... mais rien ne se passe, l'appareil reste éteint.

C'est alors que la classe se rend compte qu'E.T. n'est plus là. Madame Taillefer a disparu!

– J'ai téléporté votre prof, nous explique calmement Jack.

Téléporté! Voyons donc!

– Esther n'a plus besoin d'être là, continue Jack.

Dans la classe, le grand silence se creuse davantage. Jack en profite pour

72

bien le remplir. Il y a des échos inquiétants dans sa voix.

– Si vous êtes d'accord, ajoute-t-il en jonglant avec sa télécommande, je vais être votre prof pour le reste du cours.

À ces mots, il remet son grand chapeau et ses verres fumés. Puis, les jambes un peu ouvertes, il plante ses deux bottes bien en face de nous, comme un vrai cowboy de film prêt pour un affrontement en duel.

Son sourire s'est rouvert dans sa mâchoire, mais avec un méchant rictus dans les coins. Une étincelle glisse sur la monture de ses lunettes soleil pour aller mourir sur ses dents blanches...

Soudain, il cesse de jongler avec la télécommande et la pointe vers le plafond. Il appuie. On entend un grésillement et toutes les lumières de l'école s'éteignent, brûlées. Une fumée se met à courir le long des tuiles, comme des serpents noirs. Puis Jack, phosphorescent, vise la porte de la classe, qui se referme lourdement... on dirait la dalle d'un tombeau.

Nous sommes prisonniers!

Non! Ça ne se passera pas comme ça, Jack Lonewett! De ma place, je l'observe. Je crois qu'il regarde le fond de la classe mais, avec ses lunettes noires, je n'en suis pas certain. Derrière lui, les serpents de fumée descendent sur le tableau, s'enroulant autour de « *Joannie est inquiète parce qu'elle change de professeur la semaine prochaine.* »

Maintenant, je la comprends, Joannie.

Doucement, Jack dépose sa télécommande sur le bureau d'E.T. Puis il croise les bras sur sa poitrine, triomphant. Il croit nous tenir! Si je suis assez rapide, je vais lui prendre son arme, la retourner contre lui… et appuyer sur «OFF»! Mais où regarde-t-il? Impossible de savoir.

Toute la classe a les cheveux hérissés et la bouche ouverte. Même Ré, au fond. Le rideau de fumée noire descend lentement autour de nous.

– Voici ce que nous allons faire, reprend Jack, d'une voix diabolique qui semble venir des quatre coins de la classe.

Il a oublié la télécommande… C'est le moment!

– C'est tout simple, poursuit le cow-boy. Nous allons vous cloner…

Il lève alors le bras de côté, en ajoutant:

– N'est-ce pas, Esther?

E.T. est là, comme sortie de sa manche! Elle fait encore oui de sa tête plate. Dans ses immenses lunettes, toute la classe monte et descend, comme dans des montagnes russes. Ça me donne un peu mal au cœur. Je dois me ressaisir.

L'odeur âcre des serpents de fumée qui s'enroulent autour de mes chevilles me saisit aux narines. Je me secoue et, sans réfléchir, je plonge entre les bottes du cow-boy. Je glisse sur le plancher, je bondis sur le bureau d'E.T. et je saisis la télécommande. Vif comme l'éclair, je file le long des murs jusqu'au fond de la classe, au bout de l'allée centrale, entre Ré et une fille. Droit devant, les lunettes noires de Jack se sont fixées sur moi. Il s'apprête à faire un pas.

– Arrêtez! je crie en pointant la télécommande sur lui. Ou je vous pulvérise!

Aussitôt, il s'immobilise. Mais son sourire s'élargit, s'élargit... devient plus grand que sa mâchoire... plus large que son chapeau. Au même moment, une série d'étincelles traverse ses dents qu'il garde serrées tout en prononçant:

– Écoute, Yo, laisse-moi te montrer quelque chose.

Il dirige sa main vers sa poche.

– Non! je crie. Ne bougez plus.

Sur la télécommande tremblante, je cherche «PAUSE». Je trouve et j'appuie. Aussitôt, Jack s'immobilise. E.T. s'est figée aussi, un long doigt levé... et allumé.

Toute la classe retient son souffle. Je ne sais plus quoi faire. Ré me lance:

– Pèse sur «OFF» qu'on en finisse!

Mais j'hésite. Lentement, je m'avance, le doigt sur le bouton rouge. Devant la classe, plus rien ne bouge. Deux statues!

Soudain, elles reprennent vie en ricanant méchamment. Jack et E.T. feignaient l'immobilité! J'ai beau appuyer sur «OFF», rien ne se passe. Jack termine son geste. Il sort sa main de sa poche. Il avance vers moi pour me montrer ce qu'il tient... Les piles! Les piles de la télécommande!

Et il éclate de rire!

Les stores en sont secoués et de vifs rayons de soleil s'y infiltrent comme des lames. Il avance toujours! Je lui lance la télécommande. Elle lui traverse la tête et va se fracasser sur le tableau noir. La phrase de Joannie éclate en morceaux. *Jo* d'un bord, *Annie* de l'autre. J'en profite pour foncer. Comme un bélier, je fonce... *badang*! dans le bureau de madame Taillefer... et je perds conscience.

***

Quand j'ouvre les yeux, madame Taillefer est penchée sur moi.

– Allez, Yohann, lève-toi. Tu t'es endormi, c'est ça?

– Ben… euh… mon coude a glissé sur mon bureau et je suis tombé…

Insultée, madame Taillefer retourne en avant pendant que je me relève. Une fois assise, elle me regarde avec sa tête périscopique, en colère.

«Pin! Pon! Pin! Pa-hon!… Pa-hon! Pin! Pin! Pa-hon!…»

Le cours est fini?!

Autour de moi, tout a l'air normal. Les élèves quittent la classe. Les stores sont fermés et immobiles. Pas de fumée noire ni de cow-boy… Sur le tableau, la phrase de Joannie est toujours là. Debout près de la porte, E.T. salue chacun.

Wow! Tu parles d'un «fixe» que j'ai «pogné» là! J'ai même imaginé que je m'étais endormi et que j'étais tombé en bas de ma chaise! C'est le meilleur «fixe» de ma carrière d'élève. Le plus réussi. Tout un cours! Fier de moi, je file dehors.

– Bonne fin de semaine, Yohann.

– À vous aussi, m'dame.

***

Dans la cour, toute l'école s'est raccrochée à la clôture... même les filles. Je grimpe à mon tour.

Dans la rue, sous le soleil d'été, le toit noir de la Corvette rouge se soulève et disparaît dans la valise arrière. À côté, Jack Lonewett ouvre la portière à E.T., qui nous envoie la main avant de s'asseoir. Le cow-boy contourne le véhicule et saute au volant. Aussitôt, le moteur vrombit et les pneus crissent. La chevelure plate d'E.T. s'ouvre comme deux petites ailes et le bolide bondit vers l'avant, s'élevant dans le ciel comme une soucoupe volante...

Devant tous les élèves ébahis, ne restent plus que deux traces de pneus noires sur l'asphalte bleu. Dans un silence étonnant pour une cour d'école, la clôture se vide tranquillement. Moi, je suis paralysé.

– Hé, Yo! me crie Ré, en bas. Tu peux descendre... Sont partis.

Je descends. Ré n'est plus au pied de la clôture. À la place, il y a une petite fille triste.

– Qu'est-ce que t'as? je lui demande. T'as l'air inquiète.

– Je change de professeur la semaine prochaine.

Joannie!

«Pin! Pon! Pin! Pa-hon!... Pa-hon! Pin! Pin! Pa-hon!...»

Quoi! Encore le cours qui finit?! Toute la classe bondit vers la porte. Je me pince... Aïe! Cette fois, c'est vrai, je suis enfin sorti de mon «fixe»... Mais quel super «fixe»!

Toujours abasourdi, je me lève. Pour la première fois de ma vie, je suis le dernier à sortir d'un cours.

– Yohann!

Je me retourne. Madame Taillefer me sourit doucement.

– Tu as été très sage aujourd'hui.

Gêné, je ne sais pas quoi répondre. Je pense qu'elle sait que je ne l'ai pas écoutée du tout. Silencieux, je sors de la classe.

***

Dans le soleil de la cour, Ré m'attend. Il me trouve bien sérieux.

– Hé, Yo! La Corvette est plus là! Le cow-boy est parti.

– ...

– Qu'est-ce que t'as, Yo? On dirait que t'as le fixe.

– Non, non. J'pense au dernier cours.

– Plus plate que ça, tu meurs. Ça s'peut pas! J'suis tombé endormi... *badang*! en bas de ma chaise! E.T. était pas contente.

– Ah! c'était toi!

– Le mariage de sa sœur, on en a rien à faire, franchement... pis ses histoires d'effets spéciaux d'Hollywood à la télé... As-tu entendu? Elle comprend même pas sa télécommande!

– ...

– Yo, ça va pas ?

– Voyons, Ré, est pas si pire que ça, madame Taillefer. Pis ses cours sont pas plates… Y a plein d'action et…

Soudain, je m'arrête. Ré me regarde d'un drôle d'air.

– Qu'est-ce que t'as ? je lui demande. T'as « pogné l'fixe » ?

Fin

DAPHNÉ

« Non, mais c'est pas croyable,
l'histoire de la Conquête, c'est triste,
c'est pas drôle… »

Il n'y a rien de pire qu'un professeur optimiste. Vous savez bien, le genre de professeur qui part du principe que tous ses élèves sont intelligents et veut à tout prix les mettre en valeur. Le genre de professeur qui passe un quart d'heure à vous expliquer l'histoire de la Conquête de 1759 et les trois quarts d'heure qui suivent à vous interroger sur le pourquoi et le comment.

C'est le cas de M. Pigault-Lebrun. M. Pigault-Lebrun est un incorrigible optimiste.

– Pourquoi les Français ont-ils perdu la guerre, mes amis ? L'un de vous peut-il me le dire ?

Un silence un peu gêné accueille ses paroles.

– En 1759, les Français ont été défaits sur les plaines d'Abraham. Pourquoi ? Allons, allons ! La Conquête, c'est du connu, ça.

Silence prolongé, de plus en plus gêné. L'ennui avec les professeurs optimistes, c'est que vous avez toujours la désagréable impression de leur faire de la peine quand vous ne répondez pas à leurs questions.

– Vous le savez, allez, je suis sûr que vous le savez. Montcalm a fait ce qu'il a pu pour défendre Québec, mais ce sont les Anglais qui ont gagné. Pourquoi ?

Les élèves se jettent des regards discrets. Pourquoi, oui, pourquoi a-t-il fallu que les Français la perdent, cette fichue guerre ?

– Des élèves aussi brillants que vous…, insinue Pigault-Lebrun.

Sauf que les élèves brillants, pour l'instant, c'est bouche cousue. Pigault-Lebrun perd un peu de son optimisme. Et de sa patience.

– Réveillez-vous ! J'attends une réponse.

Silence de plus en plus opaque dans la classe. Soupir de Pigault-Lebrun.

– Et Wolfe ? Qu'est-ce qu'il a dit, l'ami Wolfe, au moment de mourir ?

Il parcourt la classe des yeux à la recherche d'un regard éveillé, d'une mémoire attentive, ce qu'on appelle une planche de salut.

– Vous le savez, j'en suis sûr, fouillez dans votre mémoire, allez, allez, une réponse.

À bout de ressources, il désigne une victime :

– Blaise ?

Il somnolait, Blaise. Ce qui fait qu'il se réveille en sursaut. Il a entendu son nom, du plus profond de sa conscience endormie, il a reconnu son nom. Un nom à soi, c'est bien plus actuel, plus présent, plus réel que les noms de nos grands bâtisseurs.

– Euh... oui ?

– Tu étais loin, dis donc !

– Euh... oui.

– Peut-être étais-tu sur les plaines d'Abraham, entre Wolfe et Montcalm...

Quand je vous dis qu'il n'y a rien de pire qu'un professeur optimiste !

– Et alors ? insiste le professeur optimiste.

– Alors quoi ?

– Qu'est-ce qu'il a dit, l'ami Wolfe, en mourant ?

Blaise fait la moue.

– Une phrase célèbre, sûrement...

– Oui, mais laquelle ?

Il sourit toujours, Pigault-Lebrun. Un beau sourire confiant et encourageant qui ne hissera jamais le drapeau blanc. Un sourire qui n'imagine pas de frontière entre la connaissance et l'ignorance. Un sourire qui dit : « La vie est à votre portée, les enfants, sachez la prendre à bras-le-corps. Vous en êtes capables, tous. » Un vrai professeur optimiste démocrate.

Mais il attend toujours, l'optimiste démocrate.

– J'attends, Blaise.

Blaise qui se tord les chevilles et se mord les lèvres, Blaise qui voudrait être à des kilomètres de là, bien à l'abri entre son chien, sa télé et ses jeux vidéo, Blaise que n'intéressent ni Wolfe ni Montcalm et qui se demande ce qu'on peut bien éructer en mourant sur les plaines d'Abraham, un beau jour du mois de septembre 1759.

– Beeeen…

Pigault-Lebrun prend la classe à témoin.

– J'imagine mal Wolfe déclarant une chose aussi lourde de sens, pas vous, les amis ?

Et soudain, coup de théâtre :

94

– Ah oui, fait Blaise. Ça me revient. Il a dit: «Je meurs.»

Pigault-Lebrun accuse le coup sans sourciller.

– Ça, c'est Montcalm qui l'aurait déclaré, paraît-il. Et la phrase ne s'arrêtait pas exactement là.

– Bien sûr que non, l'interrompt Blaise. Il a dit: «Je meurs, je meurs, à l'aide, aidez-moi, quelqu'un, ça fait mal, bon sang que ça fait mal, bon sang...» Et du sang, il y en avait partout, monsieur, si vous voulez le savoir. Sur son pourpoint, sur sa chemise blanche en dentelle, sur ses bottes... Que du sang... Partout...

Blaise s'interrompt, épuisé. Il a tout donné d'un seul coup.

***

Toujours est-il qu'il a continué comme ça, Pigault-Lebrun. À nous dévisager, à nous interroger, à nous croire tous très intéressés, très intéressants. Je redoutais l'instant où il verrait mes devoirs et trouverait en moi une alliée indéfectible. Parce que démocrates ou pas, les professeurs finissent toujours par se rabattre sur les élèves les plus doués de la classe. Et je suis parmi les élèves les plus doués de la classe. Ce n'est pas moi qui le dis, c'est... Enfin, oui, c'est moi.

Bref.

Et ce qui devait arriver est arrivé: Pigault-Lebrun a vu mes devoirs, Pigault-Lebrun a trouvé en moi une alliée indéfectible. Ce qui fait que j'en suis aujourd'hui réduite à trafiquer mes devoirs en les parsemant çà et là d'horribles fautes d'orthographe. Histoire de ne pas avoir l'air d'une première de classe, d'être comme tout le monde, quoi!

– Qu'est-ce que tu fais ? demande ma sœur Désirée.

Elle a un drôle d'air, mi-étonné, mi-dégoûté.

– Tu devines pas ?

Puis, comme elle ne devine pas :

– Tu sais bien, cette chose invraisemblable entre toutes qui requiert patience, intelligence, savoir, concentration et qui te restera à jamais étrangère : un devoir !

Elle hoche la tête, compatissante.

– C'est samedi, risque-t-elle.

– Oui, et alors ?

– Ben, le samedi, c'est congé. On fait pas de devoirs le samedi…

– Tiens donc ! On les fait quand, alors ?

Désirée hausse les épaules en signe d'ignorance. Comment ma sœur s'y est prise pour terminer ses études secondaires sans corrompre le ministère de l'Éducation au grand complet restera toujours pour moi un mystère.

– D'habitude, tes devoirs, tu les expédies plus vite…, dit-elle.

– Je suis en train d'essayer de faire des fautes, vois-tu ? Dans mon cas, c'est pas simple.

Désirée ouvre deux yeux ronds.

– Des fautes ? Mais pourquoi ?

– Ben, il arrête pas de me regarder, Pigault-Lebrun.

– Et alors ? Il est où, le problème ?

– Quand il pose ses questions et que personne ne répond, il a l'air tellement misérable que je peux pas m'empêcher de donner la bonne réponse.

– La « téteuse », quoi!

– Pardon?

– Rien.

– Tu devrais voir son air dans ces moments-là. J'ai toujours peur qu'il se mette à pleurer de reconnaissance et vienne m'embrasser.

Désirée sourit, ses yeux s'illuminent.

– J'aimerais bien, moi. Il est pas mal, Pigault-Lebrun.

– Il m'interpelle tout le temps avec son gros sourire gourmand, c'est tout juste s'il me souffle pas les réponses pour être sûr que je le décevrai pas.

– Si j'étais toi, je m'en plaindrais pas trop. Des points forts, t'en as pas des masses...

– Ça veut dire quoi, ça?

– Ben... à part l'intelligence...

Elle s'arrête, toussote, s'empare de ma copie qu'elle fait semblant de parcourir.

– Il les verra jamais, tes fautes, fait-elle remarquer. Moi, en tout cas, je les vois pas.

– Toi, c'est normal. Mais lui, il sait écrire, comprends-tu?

Ma sœur Désirée a dix-sept ans, deux passions, la mode et les garçons, et pas le moindre intérêt pour le français. Le français le lui rend bien, d'ailleurs. Il se venge à coups de copies raturées, de mots encerclés de rouge, de points d'exclamation impatients et de notes sous zéro.

– C'est vrai, quoi, Désirée. Tes travaux sont bourrés de fautes. J'ai pensé te demander de m'aider à en faire, des fautes, puisque c'est ta grande force, mais même là, c'est impossible. Pour faire des fautes *volontairement*, il faut savoir comment le mot s'écrit. Toi, tu sais pas.

Et ainsi de suite jusqu'à ce que la salive vienne à nous manquer. Désirée et moi, on est à des années-lumière l'une de l'autre. Il y a moins d'atomes crochus entre ma sœur et moi qu'entre un babouin et un cerf-volant.

Pigault-Lebrun examine ma copie, l'air surpris. Les fautes, il les voit, lui.

– Conquête ne prend pas deux t, Daphné…

– Non ?

Je prends un air encore plus étonné que le sien.

– Vous êtes sûr ?

Il est tellement misérable, Pigault-Lebrun, tellement triste, tellement déçu.

– Content non plus ne prend pas deux t.

– Mais oui, ça en prend deux.

– Un au milieu et un à la fin, oui, mais pas deux au milieu. «Je meurs conttent» avec deux t, ça n'a pas de sens. Ça jure.

Tellement déçu, tellement triste, Pigault-Lebrun.

– Montcalm doit se retourner dans sa tombe. Il n'était sûrement pas homme à mourir content avec deux t!

– Oh! Lui, il en a vu d'autres!

Il me regarde comme si je l'avais trahi.

– Et moi qui voulais te proposer pour la Dictée des Amériques…

Il s'assoit, se laisse tomber plutôt. Entre ses mains, ma copie est un déchet humide.

– Je ne te reconnais plus, Daphné.

Moi non plus, ai-je envie de dire. Mais je me retiens. Pigault-Lebrun soupire, un soupir à fendre l'âme. Je dis :

– Vous attendez trop de moi.

Il relève la tête, se redresse, droit comme un i.

– Trop ?

Il n'a plus du tout l'air misérable, Pigault-Lebrun. Il se lève et arpente le bureau. Il est grand, je n'avais jamais remarqué à quel point il est grand.

– On n'attend jamais trop des gens, Daphné. Ce serait plutôt le contraire, vois-tu ? À force de ne jamais rien attendre, à force de voir petit, on empêche le talent d'éclore, de s'épanouir. On empêche les gens de voir grand.

Une lueur brille au fond des yeux de Pigault-Lebrun, de la fierté, de la vaillance, une croyance irréductible en quelque chose que je ne saisis pas bien. Je dis :

– Je suis pas aussi bonne que vous le croyez.

– Ce n'est pas moi qui le crois, c'est toi !

– Comment ça ?

– C'est toi qui m'as signifié que tu étais bonne.

– J'ai signifié quelque chose, moi ?

Il ne répond pas tout de suite, mais continue simplement à me regarder comme si je parlais une autre langue que la sienne.

– Si tu ne veux pas que je sache que tu es bonne, il y a un moyen très simple d'y arriver : ne réponds pas *toujours* aux questions que je pose en classe.

– Mais... c'est pour vous que je le fais !

– Pour moi ? Mais... pourquoi ?

Il est impayable, Pigault-Lebrun !

– Mais... pour empêcher le silence de s'installer, voyons ! Pour pas que vous soyez embarrassé...

Il est de plus en plus étonné.

– Embarrassé, moi ?

Silence d'incompréhension. J'ai la désagréable impression de parler à Désirée.

– Je veux que vous arrêtiez de me regarder pour rien, que vous cessiez de compter sur moi, tout le temps...

– Mais… si je te regarde tout le temps, comme tu dis, c'est pour que tu arrêtes d'intervenir, que tu laisses les autres parler.

– Les autres ? Mais ils répondent pas, les autres ! Ils répondront jamais, les autres !

– Qu'en sais-tu ? Tu ne leur laisses jamais le temps.

– Même sous la torture ils parleraient pas. Si j'étais pas là pour répondre à vos satanées questions, on entendrait les mouches voler à longueur d'année. Vous passeriez votre temps à parler dans le beurre. Ils sont muets, je vous dis !

Pigault-Lebrun se retient pour ne pas rire, je le vois bien. Il s'est détourné à moitié, mais ses lèvres sont bleues à force d'être pincées. Inconscient, irresponsable Pigault-Lebrun. Je suis scandalisée.

– Et moi qui me dévoue, qui me dépense sans compter, qui me sacrifie même pour que vous n'ayez pas l'air complètement...

– Complètement ?

– Complètement ridicule !

Ça y est ! Le mot est lâché. Il y a des limites à l'inconscience.

Pigault-Lebrun n'en peut plus et pouffe de rire. Il rejette la tête en arrière, son long corps secoué de tremblements. Je suis indignée.

– Je vois pas ce qu'il y a de drôle !

Il revient peu à peu à lui et s'essuie les yeux.

– Désolé, Daphné.

– Ça vous fait rien d'avoir l'air ridicule ?

Il toussote poliment.

– Euh… non. Pas vraiment.

Il sort un grand mouchoir blanc de sa poche et se mouche bruyamment.

– Si je dis ou fais quelque chose de drôle, c'est normal qu'on rie.

Le mouchoir disparaît, Pigault-Lebrun redevient subitement sérieux.

– Mais toi, Daphné, ça te fait quelque chose qu'on rie de moi?

– Ben, oui…

Il hoche la tête, satisfait.

– J'apprécie beaucoup, Daphné. Vraiment.

Sur ce, il se lève et me tend la main. Je la serre sans comprendre.

– C'est fini? On arrête ça là?

– Qu'est-ce que tu veux qu'on fasse d'autre?

– Je continue à répondre ou pas?

– À toi de décider, Daphné.

– Si personne ne répond?

–Mes questions resteront sans réponse, voilà tout.

– Et le silence?

– Le silence restera le silence. Il y aura un malaise, ils penseront : « Pigault-Lebrun avec ses satanées questions ! » Ce sera drôle, ils riront. Et alors ?

Et alors ?

Pigault-Lebrun sourit doucement. Je le regarde sans comprendre.

Qu'est-ce qu'un optimiste démocrate ? C'est quelqu'un qui dit « Et alors ? » et « Voilà tout » devant les grandes tragédies de l'existence. La terre peut trembler, le ciel s'écrouler, l'optimiste démocrate jette sur toute chose un regard distant, un petit sourire ironique aux lèvres. Et alors ?

Devant l'hésitation de Pigault-Lebrun, je prends moi-même la décision : doré- navant je me tais, je ne réponds plus aux questions.

J'abandonne Pigault-Lebrun à son triste sort.

***

Et le lendemain arrive, Pigault-Lebrun arrive, et j'arrive, moi aussi, avec tous les autres. Et le cours commence et il les pose, ses satanées questions sur la Conquête, et je ne réponds pas et je me retiens des deux mains à ma chaise. Et il insiste, Pigault-Lebrun, il regarde les élèves à tour de rôle, un petit sourire flotte sur ses lèvres, le même petit sourire ironique, et je me retiens toujours, ma chaise n'en peut plus, et je ne réponds pas, je ne réponds pas.

Et puis il finit tout de même par me regarder, Pigault-Lebrun. Quand il a passé toute la classe en revue, quand il est enfin convaincu que son salut ne pourra venir que de moi, ses yeux brillants plongent dans les miens.

Je reçois le regard et le sourire. Mais je ne comprends plus. Ce n'est pas un sourire piteux. C'est un franc sourire. Le regard de Pigault-Lebrun ne quête rien, ne supplie pas. Il se pose sur moi un long moment puis me quitte pour un ciel meilleur, repart de plus belle, voltige au-dessus des visages tendus vers lui, s'arrête sur celui de Francis.

– Francis, dit doucement Pigault-Lebrun.

Tellement doucement que Francis répond. Lui qui ne répond jamais, lui qui n'ouvrirait la bouche pour rien au monde, lui qu'on n'entend jamais, lui qui est la discrétion incarnée, eh bien, il répond.

La réponse est longue, un peu confuse, un peu lente. Il y a du silence entre chaque mot. Et des inexactitudes. Ma chaise craque, mes doigts sont bleus à force de crispation. Je n'interviens pas, je n'interviens pas...

Francis poursuit son récit, son interminable récit. Ce n'est plus une réponse qu'il donne, c'est une véritable aventure qu'il raconte. Une aventure truffée d'erreurs, c'est à peine croyable. Je n'y tiens plus.

– C'est à cause du convoi de vivres, je dis. On avait prévenu le poste de l'anse au Foulon qu'un convoi de vivres devait venir ravitailler Québec et qu'il fallait le laisser passer...

– Du calme, Daphné, intervient Pigault-Lebrun.

– C'est vrai, quoi! C'est pas parce que les Français dormaient qu'ils ont pas vu les Anglais débarquer à l'anse au Foulon. La sentinelle française les a très bien entendus arriver, mais elle a été trompée, elle a cru que c'était le convoi qui arrivait.

Le reste se perd dans le brouillard. Je vois la bouche ouverte de Francis, le regard de Pigault-Lebrun, son sourire aussi. Il dit:

– Daphné a raison, les amis. Les Français ne dormaient pas, enfin pas tous, ils ont été trompés.

Puis il se retourne vers Francis.

– Continue, Francis.

Et il continue, Francis. Il raconte de plus belle, avec beaucoup de passion et de sentiment, il est intarissable sur l'histoire de la Conquête. Malgré moi, je l'écoute. Je ne peux pas ne pas l'écouter. Je ne compte plus les erreurs, il y en a partout, il y en a au moins autant qu'il y a d'arbres sur les plaines d'Abraham. Mais je les vois, les plaines, je les vois, les arbres, je vois les Indiens derrière, je vois les miliciens canadiens en désordre, je vois Montcalm et Wolfe, je vois Bougainville qui « poireaute » à Cap-Rouge.

Je lève la main avec frénésie.

– Il poireautait pas, c'est juste que Montcalm l'a pas prévenu que les Anglais étaient déjà sur les plaines. Montcalm a toujours pensé que les Anglais allaient attaquer par Beauport ou Cap-Rouge. Il a jamais pensé qu'ils viendraient par l'anse au Foulon.

– On s'en fout, intervient Benoît. Laisse Francis finir son histoire.

Je suis choquée.

– Mais c'est pas la *vraie* !

– Comment tu sais que c'est pas la vraie ? Tu y étais, toi, en 1759, sur les plaines d'Abraham ?

L'atmosphère commence à s'échauffer.

– Du calme, répète Pigault-Lebrun.

115

– L'histoire de Francis est plus drôle que la tienne, fait remarquer Claudie.

– Drôle? Mais c'est pas une histoire drôle, l'histoire de la Conquête...

– Ben oui, c'est drôle. Une bande d'Indiens cachés derrière des arbres et l'autre bande de Canadiens qui se sauvent devant trois rangées d'Anglais super disciplinés...

– Les Canadiens se sauvaient pas, c'est juste qu'ils étaient pas habitués à se battre à découvert comme les soldats réguliers. Ils préféraient la guérilla, comme les Sauvages. Ils se sauvaient pas, ils voulaient seulement se replier derrière les bosquets pour repousser les Anglais!

– Daphné, je t'en prie...

– Non, mais c'est pas croyable, l'histoire de la Conquête, c'est triste, c'est pas drôle...

Mais plus j'insiste sur la tristesse, plus l'hilarité gagne la classe. Et Pigault-Lebrun qui n'intervient pas, qui ne manifeste pas la moindre intention de modifier le cours de l'histoire pour lui redonner un peu de sa gravité. On a beau être optimiste et démocrate, il y a des limites à l'invraisemblance.

– Continue, Francis, dit Pigault-Lebrun.

Francis poursuit son récit. Avec la même ardeur, la même passion, les mêmes erreurs. Bouche ouverte, tout le monde l'écoute. Même Pigault-Lebrun a l'air baba.

***

Une demi-heure plus tard, Francis se tait et se rassoit.

Tout est terminé. Wolfe et Montcalm sont morts. La Nouvelle-France n'est plus qu'un lointain souvenir.

Dans la classe, tout le monde pleure. Des élèves qui, quinze jours plus tôt, ne connaissaient aucun des deux héros de la Conquête pleurent leur mort comme s'il s'agissait de leurs parents ou de leurs meilleurs copains. Il faut dire qu'il n'y est pas allé de main morte, Francis. Il en a fait, des pauses, avec des trémolos dans la voix, des silences graves... La mort comme si on y était. Du grand art, vraiment !

Les trois quarts des filles pleurent à chaudes larmes, les garçons reniflent, se mouchent, écrasent une larme ou clignent des yeux plusieurs fois de suite, comme s'ils avaient une poussière dans l'œil.

– Saisissant, murmure Pigault-Lebrun.

Il se lève, range ses papiers, ses livres, se prépare à partir. C'est la première fois que je vois un professeur quitter une classe avant ses élèves. On n'a pas vu passer l'heure. Au moment de sortir, Pigault-Lebrun se tourne vers la classe.

– Vous avez entendu une version de l'histoire de la Conquête, les amis. Une version (il toussote) assez… personnelle, il faut bien le dire, mais le récit qu'en a fait Francis avait l'immense mérite d'être vivant. Je suis content.

***

Content ? Pigault-Lebrun est content. Non, mais qu'est-ce qu'il raconte, Pigault-Lebrun ? Je m'élance à sa suite.

– Comment ça, « version personnelle » ? Comment ça, « récit vivant » ?

– Tout le monde l'a aimé, le récit de Francis, tu l'as vu toi-même.

– On aurait dit un mauvais roman !

Pigault-Lebrun s'arrête.

– Mauvais ? Je ne dirais pas, non. Pas pire, en tous cas, que celui que nous a légué l'histoire.

Il glousse, il s'amuse. Moi non plus, je ne le reconnais plus. Je dis :

– Ce qu'il a raconté n'est pas exact, c'est pas comme ça que les choses se sont déroulées. C'est vous, le professeur ! C'est à vous de rétablir la vérité.

Pigault-Lebrun se tourne vers moi.

– Quelle vérité ?

Il hausse les épaules, très lentement, négligemment, comme si la question était sans importance.

– Francis a lu l'histoire de la Conquête et il nous l'a redonnée dans ses termes à lui. Qu'est-ce qu'un professeur peut demander de plus ?

– Mais…

– Sans compter que Francis est un comédien magnifique.

Il secoue la tête, se détourne, s'éloigne, s'arrête encore.

– Absolument magnifique! Son talent à lui, c'est ça, comprends-tu?

Non, je ne comprends pas.

– Te rends-tu compte, Daphné? Sans la Conquête, on ne l'aurait jamais su et lui non plus, peut-être. La Conquête aura au moins servi à ça.

Cette fois, il éclate de rire et s'en va, léger. Il vole, il danse, soulagé d'un poids immense, on dirait.

Je reste là à le regarder, immobile. Au moment de tourner le coin du long corridor, il se retourne encore une fois, arbore le V de la victoire et disparaît.

***

Pour une déception, c'en est toute une! Si on ne peut plus se fier à l'histoire, à quoi peut-on se fier? Si on ne peut plus se fier à un professeur, à qui peut-on se fier?

– Qu'est-ce que tu fais? demande Désirée.

– Je corrige mes fautes.

– Ah bon? Il te regarde plus, Pigault-Lebrun?

– C'est moi qui le regarde plus.

– Ah bon? Pourquoi?

Je hausse les épaules.

– Terminé, les fautes! Terminé, les compromis.

Je suis hors de moi.

122

– Plus question de me montrer moins bonne que je le suis! À partir de maintenant, je serai moi-même et personne d'autre.

– Ah bon.

– Qu'entends-tu exactement par «Ah bon»?

– Ben... j'ai jamais pensé que tu pouvais être autre chose que ce que tu es vraiment.

– Précise, d'accord?

– Ben... t'es pas quelqu'un de vraiment souple, comprends-tu? Les compromis et toi, ça fait deux...

– La vérité historique, tu y crois, toi?

Désirée avale de travers.

– La vérité historique?

– La vérité historique, oui.

– Beuh… euh… moui. Je pense que j'y crois.

– Ah bon ? Et c'est quoi, pour toi, la vérité historique ?

– Ben… c'est ce qu'on voit à la télé, en direct… C'est quand quelqu'un rapporte un événement auquel il a assisté… Une guerre, par exemple.

– Mais quand y a pas de télé ?

– Il y a toujours une télé quelque part.

– En 1759, y en avait pas, de télé.

Elle fait la moue, surprise au-delà de toute description.

– 1759 ? C'est loin, ça.

– On peut le dire comme ça.

– Mais pourquoi tu t'intéresses au passé ?

– Parce que le 13 septembre 1759 est un jour important pour notre histoire, figure-toi. Ce jour-là, on a perdu une guerre, figure-toi.

Désirée devient subitement triste.

– Ouais, je sais. Les Anglais nous ont bien eus, ce jour-là.

Je la regarde, estomaquée.

– Épisode funeste, poursuit Désirée, imperturbable. Plein de malentendus et de ratés. Un vrai désastre !

Elle secoue la tête, désolée, et se redresse, très droite.

– Mais à quoi ça sert de ruminer le passé ? Je suis quelqu'un de foncièrement positif, vois-tu, et je préfère regarder vers l'avenir plutôt que vers le passé.

Elle se tourne vers moi.

– Tu devrais en faire autant, Daphné.

Elle revient à elle, s'empare de la copie sur laquelle je travaille et la parcourt des yeux. Elle toussote.

– Il y a une faute, là...

Je saisis mon cahier avec brusquerie.

– Où ça ?

– Là. Barricade prend deux r.

– C'est un oubli. C'est une ancienne faute que j'ai oublié de corriger.

– Ben... non. La copie est datée d'aujourd'hui.

Elle me regarde avec candeur, dépose ma copie sur le bureau et s'en va.

***

Dans la vie, il y a des moments où il vaut mieux ne rien ajouter et aller se coucher. Quand le drame de la Conquête devient une farce burlesque, quand votre professeur vous trahit, quand vous en êtes réduite à faire des fautes d'orthographe, vous qui n'en faites jamais, et quand votre sœur, quasi illettrée, les relève, il vaut vraiment mieux ne rien ajouter et aller se coucher.

Fin

www.triorigolo.ca

Pour t'amuser à des jeux originaux spécialement conçus à partir du monde du Trio rigolo

Pour partager des idées et des informations dans la section *Les graffitis*

Pour lire des textes drôles et inédits sur l'univers de chacun des personnages

Pour connaître davantage les créateurs

Et pour découvrir plein d'activités rigolotes

Le Trio rigolo

AUTEURS ET PERSONNAGES :

JOHANNE MERCIER – LAURENCE
REYNALD CANTIN – YO
HÉLÈNE VACHON – DAPHNÉ

ILLUSTRATRICE : MAY ROUSSEAU

1. Mon premier baiser
2. Mon premier voyage
3. Ma première folie
4. Mon pire prof
5. Mon pire party
6. Ma pire gaffe
7. Mon plus grand exploit
8. Mon plus grand mensonge
9. Ma plus grande peur
10. Ma nuit d'enfer (printemps 2008)
11. Mon look d'enfer (printemps 2008)
12. Mon Noël d'enfer (printemps 2008)

www.triorigolo.ca

Série Brad

**Auteure : Johanne Mercier
Illustrateur : Christian Daigle**

1. Le génie de la potiche
2. Le génie fait des vagues
3. Le génie perd la boule
   (printemps 2008)

www.legeniebrad.ca

Mes parents sont gentils mais...

1. Mes parents sont gentils mais...
   tellement menteurs!
   <small>ANDRÉE-ANNE GRATTON</small>

2. Mes parents sont gentils mais...
   tellement girouettes!
   <small>ANDRÉE POULIN</small>

3. Mes parents sont gentils mais...
   tellement maladroits!
   <small>DIANE BERGERON</small>

4. Mes parents sont gentils mais...
   tellement dépassés!
   <small>DAVID LEMELIN</small>

ILLUSTRATRICE: MAY ROUSSEAU

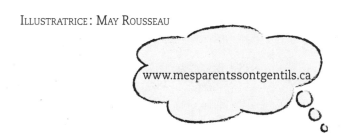

www.mesparentssontgentils.ca

Achevé d'imprimer en septembre 2007
sur les presses de l'imprimerie Gauvin
Gatineau, Québec.

Les pages intérieures de ce livre sont
imprimées sur du papier Héritage
70 lbs, 100 % recyclé, certifié FSC.

Recyclé
Contribue à l'utilisation responsable
des ressources forestières
www.fsc.org Cert no. SGS-COC-2624
© 1996 Forest Stewardship Council